Título original: **Mouse tales**

Colección libros para soñar

© de la edición original: Harper Collins, 1972

© del texto y de las ilustraciones: Arnold Lobel, 1972

© de la traducción al castellano: Xosé Manuel González, 2000

© de esta edición: Kalandraka Editora, 2000

Alemania 70, 36162 Pontevedra

Telefax: (34) 986 860 276

editora@kalandraka.com

www.kalandraka.com

Diseño: equipo gráfico de Kalandraka

Primera edición: febrero, 2000

Depósito Legal: PO-123/00

I.S.B.N.: 84-95123-95-9

Impresión: Tilgráfica-Braga-Portugal

Historias de Ratones

HISTORIAS DE RATONES

ARNOLD LOBEL

KALANDRAKA
EDITORA

ÍNDICE

EL POZO DE LOS DESEOS   8

NUBES   17

RATÓN MUY ALTO
Y RATÓN MUY BAJO   25

EL RATÓN Y LOS VIENTOS   32

EL VIAJE   42

EL RATÓN VIEJO   48

EL BAÑO   55

– Papá, ya estamos

todos en cama

-dijeron los ratones-.

Anda, cuéntanos un cuento.

– Haré algo mejor

-dijo Papá-.

Os contaré siete cuentos,

uno para cada uno de vosotros,

si prometéis

dormiros

en cuanto haya terminado.

– Te lo prometemos

-respondieron ellos.

Y Papá empezó...

EL POZO DE LOS DESEOS

Una ratita se encontró un día

con un pozo de los deseos.

– ¡Ahora, todos mis deseos

podrán cumplirse!

-exclamó.

Tiró una moneda

dentro del pozo

y pidió un deseo:

– ¡Ay!

-gritó el pozo.

Al día siguiente,

la ratita volvió al pozo.

Tiró una moneda

dentro del pozo

y pidió otro deseo.

– ¡Ay! -gritó el pozo.

Al día siguiente,

la ratita volvió de nuevo.

Tiró otra moneda

al pozo y dijo:

– Quiero que este pozo

no diga nunca más ay.

– ¡Ay, cómo duele!

-gritó el pozo.

– ¿Qué podría hacer?

Así,

mis deseos

nunca se cumplirán.

-se lamentó la ratita.

La ratita corrió a casa

y cogió la almohada

de su cama.

– ¡Esto podría servirme!

-dijo.

Y regresó corriendo

al pozo.

La ratita tiró la almohada

al pozo.

Después, tiró una moneda

al pozo

y formuló un deseo.

– ¡Ah, esto está

mucho mejor!

-dijo el pozo.

– ¡Bien! Ahora puedo empezar

a pedir deseos -dijo la ratita.

Y desde aquel día,

la ratita pidió muchos deseos

al pozo.

Y todos

se cumplieron.

NUBES

Un ratoncito salió a pasear

con su madre.

Subieron a la cima de una montaña

y miraron al cielo.

– ¡Mira, se ven figuras en las nubes!

-dijo la madre.

El ratoncito y su madre

vieron muchas figuras.

Vieron un castillo...

...un conejo...

...un ratón.

– Voy a coger unas flores

-dijo la madre.

– Yo me quedaré aquí

mirando las nubes

-dijo el ratoncito.

El ratoncito vio en el cielo

una gran nube,

que se hizo más y más grande.

La nube se convirtió en un gato.

El gato se acercaba cada vez más

al ratoncito.

– ¡Socorro! -gritó el ratoncito.

Y se echó a correr hacia su madre.

– ¡Hay un gato enorme en el cielo!

¡Tengo miedo!

-lloriqueó el ratoncito.

Su madre miró al cielo y dijo:

– No te asustes.

¿Ves? El gato se ha convertido

otra vez en nube.

El ratoncito

vio que era cierto

y se quedó más tranquilo.

Ayudó a su madre a recoger flores,

pero no volvió a mirar al cielo

en toda la tarde.

RATÓN MUY ALTO
Y RATÓN MUY BAJO

Había una vez un ratón muy alto

y un ratón muy bajo

que eran buenos amigos.

Cuando se encontraban,

Ratón Muy Alto decía:

– ¡Hola, Ratón Muy Bajo!

Y Ratón Muy Bajo decía:

– ¡Hola, Ratón Muy Alto!

Los dos amigos

solían pasear juntos.

Cuando paseaban,

Ratón Muy Alto decía:

– ¡Hola, pájaros!

Y Ratón Muy Bajo decía:

– ¡Hola, hormigas!

Cuando pasaban

por un jardín,

Ratón Muy Alto decía:

– ¡Hola, flores!

Y Ratón Muy Bajo

decía:

– ¡Hola, raíces!

Cuando pasaban delante de una casa,

Ratón Muy Alto decía:

– ¡Hola, tejado!

Y Ratón Muy Bajo

decía:

– ¡Hola, sótano!

Un día les pilló una tormenta.

Ratón Muy Alto dijo:

– ¡Hola, gotas de lluvia!

Y Ratón Muy Bajo

dijo:

– ¡Hola, charcos!

Corrieron a casa para resguardarse.

– ¡Hola, techo!

-dijo Ratón Muy Alto.

– ¡Hola, suelo!

-dijo Ratón Muy Bajo.

Pronto pasó la tormenta.

Los dos amigos

se acercaron a la ventana.

Ratón Muy Alto aupó a Ratón Muy Bajo para que pudiese ver.

Y los dos juntos dijeron:

– ¡Hola, arco iris!

EL RATÓN Y LOS VIENTOS

Un ratón salió a navegar en su barco,

pero no había viento.

El barco no se movía.

– ¡Viento -gritó el ratón-,

baja y empuja mi barco

por este lago!

– Aquí estoy -dijo el viento del oeste.

El viento del oeste sopló y sopló.

El ratón y el barco

volaron por los aires...

...y aterrizaron

en el tejado de una casa.

– ¡Viento -gritó el ratón-,

baja y quita mi barco

de esta casa!

– Aquí estoy -dijo el viento del este.

El viento del este sopló y sopló.

El ratón y el barco

y la casa

fueron por los aires...

...y aterrizaron sobre un árbol.

– ¡Viento -gritó el ratón-,

baja y quita mi barco

de esta casa

y de este árbol!

– Aquí estoy

-dijo el viento del sur.

El viento del sur sopló y sopló.

El ratón y el barco

y la casa y el árbol

fueron por los aires...

...y aterrizaron

en la cima de una montaña.

– ¡Viento -gritó el ratón-,

baja y quita mi barco

de esta casa,

de este árbol

y de esta montaña!

– Aquí estoy -dijo el viento del norte.

El viento del norte sopló y sopló.

El ratón y el barco

y la casa y el árbol

y la montaña

fueron por los aires...

...y cayeron en medio del lago.

La montaña se hundió

y se convirtió en una isla.

El árbol cayó sobre la isla

y floreció.

La casa cayó junto al árbol.

Una señora se asomó

a una ventana de la casa

y dijo:

– ¡Que lugar más agradable para vivir!

Y el ratón se fue navegando en su barco.

EL VIAJE

Había una vez un ratón

que quería visitar

a su madre.

Así que compró un coche

y se dirigió

a casa de su madre.

Condujo  y condujo

y...  ... condujo

hasta que el coche se rompió.

Pero a un lado de la carretera

había una persona

que vendía patines.

Así que el ratón compró

un par de patines

y se los puso.

Patinó y patinó

y patinó

hasta que las ruedas se soltaron.

Pero a un lado de la carretera

había una persona

que vendía botas.

Así que el ratón compró

unas botas y se las puso.

Caminó y caminó

 y caminó

hasta que las botas...

...se agujerearon.

Pero a un lado de la carretera

había una persona

que vendía tenis.

Así que el ratón compró

un par de tenis.

Se puso los tenis y corrió

y corrió y corrió

hasta que los tenis

se gastaron.

Entonces se los quitó

y caminó

caminó y caminó

hasta que los pies se le lastimaron tanto

que no pudo seguir andando.

Pero a un lado de la carretera

había una persona

que vendía pies.

Así que el ratón se quitó sus viejos pies

y se puso unos nuevos.

Y así anduvo hasta llegar

a casa de su madre.

Cuando llegó,

su madre se alegró mucho de verlo.

Lo abrazó...

...y le dio un beso

y le dijo: – ¡Hola, hijo!

¡Qué bien te encuentro

y qué pies nuevos

tan bonitos tienes!

RATÓN VIEJO

Había un ratón viejo

que todos los días salía a pasear.

Al ratón viejo

no le gustaban los niños.

Cuando los veía por la calle,

les gritaba:

– ¡Fuera de ahí, pequeñas fieras!

Un día, el ratón viejo

estaba dando su paseo.

De repente, se rompieron los tirantes

y se le cayeron los pantalones.

Por allí pasaban unas señoras

y el ratón viejo les gritó: – ¡Ayúdenme!

Pero las señoras vociferaron:

– ¡Se le han caído los pantalones!

Y se fueron corriendo.

El ratón viejo corrió a su casa

y gritó: – ¡Ayúdame!

Pero su mujer le dijo:

– ¡Qué ridículo estás

en calzoncillos!

Y le dio un golpe en la cabeza.

El ratón viejo se echó a llorar.

Unos niños que pasaban por allí dijeron:

– ¡Pobre ratón viejo!

Nosotros te ayudaremos.

Toma un chicle.

Con él podrás sostener los pantalones.

– ¡Mirad -gritó el ratón viejo-,

ya no se me caen los pantalones!

¡Este chicle es estupendo!

¡Nunca volverán a caérseme

los pantalones!

Aquellos pantalones

nunca más se le volvieron a caer.

Y, desde entonces, el ratón viejo

siempre fue amable con los niños

cuando salía a pasear.

EL BAÑO

Había una vez un ratón

que estaba sucio,

así que decidió darse un baño.

Llenó la bañera

de agua y se bañó.

Pero el ratón seguía estando sucio,

así que dejó que el agua

rebosase y corriese por el suelo.

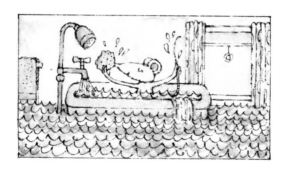

El agua

inundó el cuarto de baño.

Pero el ratón seguía estando sucio,

así que dejó que el agua

saliese por la ventana.

El agua

inundó la calle.

Pero el ratón seguía estando sucio,

así que dejó que el agua

inundase la casa

de al lado.

Los vecinos

de la casa de al lado

gritaron:

– ¡Cierra el grifo,

que hoy ya nos hemos bañado!

Pero el ratón seguía estando sucio,

así que dejó que el agua

inundase toda la ciudad.

La gente le gritaba:

– ¡Cierra el grifo,

que ya estás limpio!

El ratón dijo:

– Tenéis razón.

Ya estoy bien limpio.

Entonces cerró el grifo.

En aquel momento, la ciudad

estaba completamente empapada.

Pero al ratón

le daba igual.

Se restregó

con una gran toalla

hasta que estuvo totalmente seco.

Y después

se fue derecho a la cama.

– ¿Queda alguien despierto?

-preguntó Papá.

Nadie contestó.

Los siete ratoncitos

ya estaban roncando.

– Buenas noches, chicos

-dijo Papá-.

Qué descanséis.

Hasta mañana.

FIN